FEISHANG TIANKONG DE SHIZI

飞上天空的狮子

〔日〕佐野洋子 著 唐亚明 译

接力出版社
Publishing House

在很久很久以前，猫和狮子是亲戚，

它们生活在一起。

有一只长着漂亮鬃毛的狮子，

它雄壮的吼声，能传到很远的地方。

好多猫为了看狮子的漂亮鬃毛，每天都围在狮子周围。
狮子心里高兴，想请它们吃饭。

于是，狮子"嗷"地大吼一声，
脚蹬地面，腾空而起，前去打猎。
它看起来像是飞上了天空。
所有的猫都"啊"地张大了嘴，惊叹不已。

狮子打猎回来，把肉切好，又烤又煮，

然后浇上调味汁，请猫来吃。

所有的猫都瞪大眼睛，盯着肉，流出口水，

然后狼吞虎咽地大吃起来。

"真不愧是狮子啊！"它们异口同声地说。

猫每天都来。

狮子也每天都"嗷"地大吼一声，
脚蹬地面，腾空而起，前去打猎。

"真不愧是狮子啊！"

猫咂巴着嘴，用牙签剔掉塞在牙缝里的肉，

摆出一副理所当然的样子。

狮子说："我爱睡午觉。"

猫听了，一齐大笑起来。

"哎呀呀，狮子不光做菜好，连说笑话也是一流的呢！"

狮子抖动金色的鬃毛，和大家一起笑了起来。

晚上，狮子筋疲力尽地睡着了。

有一天，狮子抖动着鬃毛，

对最先来的猫说：

"我今天想睡午觉。"

猫"哈哈哈"地捧腹大笑。

狮子也"哈哈哈"地笑了起来，

然后"嗷"地大吼一声，

脚蹬地面，腾空而起。

那天晚上，狮子轻声哭了起来。

"我好累啊。"

有一天，狮子累得起不来了。

最先过来的猫看到狮子还在睡觉，大笑起来。

"狮子你太幽默了，

我还以为你真的在睡午觉呢。"

狮子使出全身力气，"嗷"地大吼了一声，
脚蹬地面，结果扑通倒了下去。

倒下的狮子全身闪着耀眼的金光。

所有的猫都围上前去，摇狮子、推狮子。

狮子变成了一座金色的石像。

这时，有一只猫记了起来：

"狮子曾经开玩笑说过，它最爱睡午觉了。"

所有的猫都沉默无语。

过了几十年，又过了几百年。

狮子还是一座金色的石像，

一直在睡午觉。

"这是什么呀？"

一只小猫牵着妈妈的手，好奇地问。

"这是一只懒狮子呀。

在很久很久以前，它老睡午觉，

就睡成了石头。"

"这是什么呀？"

又有一只小猫牵着妈妈的手，好奇地问。

"听说，在很久很久以前，这是一只雄壮的狮子。"

"那它怎么一直在睡觉呢？"

"妈妈也不知道呀。"

"它一定是累坏了。"

金色的石狮子一听到这句话，身子微微颤抖起来，

它"呵"地伸了伸懒腰，

然后"嗷"地大吼一声。

"哇，多威武的狮子啊！

多漂亮的鬃毛啊！多响亮的吼声啊！

真是太了不起了！嘿，狮子，你抓得住斑马吗？"

小猫问狮子。

狮子看了一眼小猫，

然后，"嗷"地大吼一声，

脚蹬地面，腾空而起。

桂图登字：20-2013-094

图书在版编目（CIP）数据

飞上天空的狮子／（日）佐野洋子著；唐亚明译. —南宁：接力出版社，2014.10
ISBN 978-7-5448-3659-3

Ⅰ.①飞…　Ⅱ.①佐…②唐…　Ⅲ.①儿童文学-图画故事-日本-现代　Ⅳ.①I313.85

中国版本图书馆CIP数据核字(2014)第218847号

责任编辑：李明淑　文字编辑：徐　超　美术编辑：卢　强
责任校对：刘会乔　责任监印：陈嘉智
版权联络：董秋香　媒介主理：李羽清
社长：黄　俭　总编辑：白　冰
出版发行：接力出版社　社址：广西南宁市园湖南路9号　邮编：530022
电话：010-65546561（发行部）　传真：010-65545210（发行部）
http://www.jielibj.com　E-mail：jieli@jielibook.com
经销：新华书店　印制：北京顺诚彩色印刷有限公司
开本：787毫米×1092毫米　1/12　印张：3　字数：20千字
版次：2014年10月第1版　印次：2016年1月第2次印刷
印数：10 001—16 000册　定价：35.00元